I0551365

# LETTRES
## ENVOYEES DV
### LEVANT, PAR LE PERE
Louys Grangier, au Reuerend
Pere Claude Aquauiua, General
de la Compagnie de Iesus.

*Escrites à Moqui en Mingrelie, le deuxief-
me iour de Mars de ceste annee
mil six cens quinze.*

## A PARIS,

Chez IOSEPH COTTEREAV, ruë
sainct Iacques, à la Prudence.

### M. DC. XVI.

# LETTRES
## ENVOYEES DV LEVANT, PAR LE P. LOVYS Grangier, au Reuerend Pere Claude Aquauiua, General de la Compagnie de Iesus.

*Escrites à Moqui en Mingrelie, le deuxiesme iour de Mars de ceste annee mil six cens quinze.*

VOSTRE Reuerence aura sceu par les lettres que nos Peres de Constantinople luy escriuirent l'an passé, cõment Monseigneur l'Ambassadeur de France poussé de l'amour qu'il nous porte, & du zele qu'il a d'auancer nostre saincte foy, a souuent traicté auec l'Ambassadeur du Prince des Min-

A ij

grelins, à ce qu'il luy pleuſt de nous receuoir à ſon retour en ſa compagnie. Ce que
luy ayant eſté volontiers accordé, ſur
l'entree du Printemps on nous aduertit
qu'il eſtoit ſur ſon depart pour aller à
Trebizonde, & meſme iuſques en Mingrelie auec le Baſcha Oneze, qui auoit
quelques affaires à vuider de la part du
grand Seigneur auec les Princes Dadran
& Gorel (ainſi nomme-on les Princes des
Mingrelins & des Georgiens, peuples du
pays de Colchos.) Monſeigneur l'Ambaſſadeur ne voulant rien eſpargner pour
l'execution de cette entrepriſe, à laquelle
il auoit deſia deſtiné cinq cens eſcus, fiſt
ceſte affaire auec le Baſcha, auquel il donna pour cet effect vn magnifique preſent:
Mais d'autant que ſon vaiſſeau eſtoit déſ-
ja trop plein de marchandiſes & de ſol-
dats, il nous enuoya auec deux Ianiſſaires
qui luy eſtoient fort familiers en vn autre
vaiſſeau marchand, qui alloit à Varne
pour acheter du bled, & de là à Trebizonde. Au ſurplus il leur commanda
qu'ils euſſent ſoin qu'on ne nous fiſt aucun deſplaiſir ſur le chemin. Nous n'eſtions que trois Preſtres à Pera, du nombre deſquels, quoy que tres-indigne, mais

5

comme celuy qui y eſtois le moins neceſſaire, ie fus eſleu pour cette miſſion auec
vn de nos freres Coadiuteurs nommé
Eſtienne Viau, & vn ieune homme Ar-
menien que nous priſmes pour noſtre Interprete. Les preparatifs de noſtre voyage eſtants faicts par la liberalité de Monſeigneur l'Ambaſſadeur, vn jour de Ieudy vingt-ſixieſme de May, le lendemain
de la Trinité, apres auoir pris congé des
noſtres, nous nous miſmes dans vn eſquif
pour ioindre noſtre vaiſſeau, qui auec
plus de cent galeres eſtoit au Boſphore
de Thrace, ou deſtroit de Conſtantinople, attendant la faueur du vent pour ſur-
monter la violence du Pont Euxin, ou
mer Noire, qui ſe deſcharge impetueuſe-
ment dans ce canal. Nous fuſmes la huict
iours durant, pendant leſquels nous euſmes le loiſir de voir les anciens & fameux
chaſteaux de Leandre & Hero, & la mer
qu'il trauerſoit toutes les nuicts à la nage: Comme auſſi la colomne de Pompee,
ou pluſtoſt par aduenture celle du Bien-
heureux Daniel Stylita, qui dreſſa la ſien-
ne pres de cette emboucheure de mer,
ainſi que nous l'apprenõs de l'hiſtoire Ec-
cleſiaſtique. Le troiſieſme iour de Iuin au

A iij

leuer du vent de Midy, toutes les galeres cinglerent de compagnie & à point nommé en haute mer ; puis se diuiserent, tirans les vnes aux quartiers Orientaux de la mer Noire, plusieurs vers le Septentrion, & les autres auecques nous aux quartiers d'Occident: & trois iours apres nous abordasmes heureusement à Varne, ville de Thrace assez recommandable, tant à cause du bled & du vin qu'on y recueille à foison, qu'à raison de l'exquise beauté du sejour: Qui fist iadis que quelques anciens Empereurs y establirent leur siege, joinct qu'on y peut aisément faire vn grand nombre de galeres. Vray est que les habitans sont ordinairement en crainte des Cosaques, qui durant l'Esté font plusieurs courses en ceste contrée: C'est pourquoy nous y trouuasmes en garnison la compagnie de soldats François, que la necessité contraignit long temps y a de se retirer des trouppes de Hongrie du seruice de l'Empereur, pour se donner au Turc, gardants neantmoins inuiolablement la Religion Catholique ; ils nous firent vn bon accueil pour l'amitié & cognoissance qui estoit entre eux & nous, & leur Capitaine qui

nous affectionne au possible, nous receut
en son logis, & nous fournit des prouï-
sions de bouche, puis à sa recommenda-
tion & du Metropolitain nous eusmes
place en vn vaisseau chargé de froument
qui retournoit à Trebizonde, mais vn
vent contraire nous força bien tost de
retourner au port duquel nous estions
partis. Le lendemain la nauigation nous
fut vn peu plus fauorable, & continua
tout le iour & bien auant dans la nuict,
quand voicy qu'vne pluye accompa-
gnee d'vn vent contraire, & d'vne horri-
ble obscurité, ayant rudement combat-
tu, & transporté puis çà, puis là, nostre
vaisseau, l'espace de vingt quatre heures,
apres auoir mis nos voiles en pieces, nous
renuoye finalement au destroit de Constantinople, sans que nous eussions cognoissance du lieu où nous estions. Là
nous iettons les anchres pour refaire nos
voiles, & attendre en lieu d'asseurance
l'opportunité du temps, laquelle s'estant
presentce, non pas toutefois la meilleure
du monde. Le quinziesme iour de Iuin
nous voguasmes vers Heraclee, ville de
Bithynie, où tandis qu'à raison, tantost
d'vn calme importun, tantost des vents

contraires, nous penſons nous arreſter; vn autre vent ſe met en campagne qui nous contrainct de paſſer outre: Nous l'euſmes aſſez bon au commencement, mais il ſe changea en peu d'heures en vn vent de Bize, meſlé de pluyes & d'eſpaiſ-ſes tenebres, & qui s'en alloit infailliblement porter noſtre nef contre des eſ-cueils tous voiſins enuirō la minuict, ſans qu'aucun s'en apperceuſt, n'euſt eſté que noſtre bon Dieu prenant pitié de nous, deſcouuriſt ce dāger à l'vn des voyageurs qui ne penſoit à rien moins. Noſ matelots aduertis de prendre garde à eux & à nous, amenerent les voiles, eſtimans qu'il valoit bien mieux retourner en arriere, que d'auancer pour ſe perdre; de façon que nous vinſmes derechef à Heraclee, que nous auions paſſé d'enuiron cent milles de chemin. Cette ville fut autrefois fort renommee à cauſe du port du chaſteau, & des murailles que les Genois y baſtirent, lors que toute l'eſtenduë de la mer Noire leur appartenoit. Les habitans ſont à preſent tous Grecs ou Turcs, & on n'y voit que des vieilles maſures ou des petites cahuettes. Ce nous eſtoit vn grand ennuy de voir que le vingt & vnieſ-

me

me iour apres noſtre depart, nous n'a-
uions faict encore qu'enuiron deux cents
milles, mais i'eſtime que par ce retarde-
ment Dieu nous vouloit diſpoſer à la vertu de patience & longanimité, dont il
auoit preueu que nous auions bon beſoin. Le vingt-deuxieſme de Iuin nous
laiſſaſmes Heraclee auec plus d'heur que
auparauant : Et le vingt-ſixieſme du meſme mois ayant paſſé outre Sinabe, iadis
Sinope, la meilleure ville du Pont, enno-
blie par la naiſſance de Mithridate. Trois
iours apres nous fiſmes autant de chemin, qu'en tout le mois precedent, attendu qu'il y a autant de diſtance de Sinabe
à Trebizonde, que de Conſtantinople
iuſques à Sinabe : Car communement on
conte tant d'vn coſté que d'autre cinq
cents milles d'Italie. Le iour de Sainct
Pierre & Sainct Paul nous nous trouuaſ-
mes à Cordula, où nos matelots s'arreſte-
rent, comme eſtant le lieu de leur reſi-
dence, puis le lendemain dedans vn petit
galion nous tendiſmes à Trebizonde, où
l'Eueſque homme Catholique, & des
plus affectionnez à noſtre Compagnie,
nous receuſt fort amiablement, & ſe
nomme Ignace Scioti, & a eſté eſleué à

Rome au Seminaire des Grecs par ceux
de noſtre compagnie, il y a quatorze a ns
paſſez. Ce bon Prelat me teſmoigna to u-
te la charité poſſible, & me diſt entre autres choſes qu'il y auoit en cette ville vne
Egliſe de Sainct Benoiſt, qui t eſmoignoit
encor l'ancienne foy & pieté de la Sei-
gneurie de Gènes, ſin oh que ne s'y faiſoit
plus l'office à l'vſage Romain, mais à la
façon des Grecs : Qu'au reſte ſi nous iu-
gions qu'elle nous peuſt ſeruir, pour la
miſſion des Ming relins ou Georgiens,
nous l'auriōns bien aiſément. Là nous
fuſmes l'eſpace d'vn mois, nous em-
ployans ſans ceſſe à exhorter à la pieté &
aux bonnes mœurs tous ceux qui nous
viſitoient par courtoiſie & honneſteté,
mais nommément la ieuneſſe. De façon
que les habitants qui ſont les plus depra-
uez & les plus ennemis du nom Latin
qui ſoient en toute la Grece, ſe monſtre-
rent fort affectionnez & affables en noſtre endroit, & deſireux de ſe reünir à l'E-
gliſe Catholique : Mais il eſt à craindre
qu'ils ne ſoient du nombre de ceux qui
ſont touſiours au trauail de l'enfante-
ment, & iamais neantmoins n'enfantent,
ſi ce n'eſt que Dieu leur faiſant miſeri-

corde, leur tende fa main fecourable.
Quelques marchands Armeniens qui
retournoient du Cher, & paffoient par
Trebizonde, nous donnerent beaucoup
de confolation , nous affeurants qu'ils
eftoient francs ou François, ( ainfi nomme on generalement les Latins par tout
l'Orient.) que leur contree eftoit és
confins de la Perfe, où ils font enuiron
dix mille diftribuez en douze bourga-
des, aufquels noftre Sainct Pere enuoye
parfois des Peres de l'Ordre Sainct Do-
minique, pour leur feruir d'Euefques &
de Preftres. On ne croiroit pas la grande
inftance qu'ils nous firent de les accom-
pagner en leur pays, qui n'eft pas gueres
efloigné. Ils nous promettoient vne E-
glife & vne maifon, & de nous fournir de
toutes nos neceffitez, & ce qui eft le principal, que nous aurions vne belle & grande vigne à cultiuer. Car les Preftres qui y
font en fort petit nombre, n'y fçauroient
fuffire : Mais eftans deftinez ailleurs, il ne
fut pas à noftre pouuoir de leur accorder
leur demande. I'ay neantmoins efcrit à
leur Euefque que s'il a befoin d'vn fi foible fecours que le noftre, qu'il pourra, fi
bon luy femble, nous en efcrire en Min-

grelie. Ce qui luy fera fort aifé à raifon
du voifinage, ou bien à nos Peres de
Conftantinople: & que les vns ou les autres tafcheront de luy fatisfaire. Sur ces
entrefaictes le Bafcha entre à Trebizonde, qui eft de fon gouuernement, où nous
fufmes le falüer comme il nous l'auoit
commandé à Conftantinople : Il nous
veit de bon œil, & nous demanda fi nous
auions receu quelque defplaifir en noftre voyage. En outre il mift ordre que
perfonne ne nous troublaft à Trebizonde, nous aduertiffant de penfer à ce qui
reftoit de noftre voyage pour le fuiure à
Caffa, ou l'aller prende à Gouea. Dés-
lors nous commençafmes à cognoiftre
ce que nous ne foupçonnions pas mefme à Conftantinople, fçauoir eft, qu'il y
auroit bien de la peine à faire la paix auec
les Princes Dadran & Gorel, & que ce
ne feroit pas l'ouurage d'vn iour, & depuis on commença à garder comme pri-
fonniers leurs Ambaffadeurs: De manie-
re que nous trouuafmes plus à propos de
nous loger & voyager feparément, que
de nous faire foupçonner en demeurant
en leur compagnie. Le vingt & vniefme
de Iuillet nous fuiuons dans vn efquif le

Bafcha qui eftoit forty de Trebizonde,
mais d'autant qu'il deliberoit de s'arre-
fter pour quelques iours à Sarmena & à
Caliparauoli, nous allafmes iufques au
bourg d'Eriffé, ayants le vent beaucoup
plus fort que ne requeroit noftre galion,
quoy que d'ailleurs affez fauorable : Tellement que nous fufmes en grande crainte de nous perdre & fort agitez des flots,
& trauaillez d'vn grand mal de tefte:
vray eft que cela ne dura qu'vn iour. Le
bourg d'Eriffé eft le lieu natal du Bafcha,
où il a fa maifon & fa famille, & eft fituee
en la contree de Laxia ou Lazia, laquelle
s'eftend depuis Trebizonde iufques en
Georgie. Mais le quartier qui regarde
Trebizonde, fe fert du langage des Grecs:
celle qui tire vers la Georgie vfe commu-
nément du langage desMingrelins, comme eftant vne Colonie de Lazons, ou
Alains, peuples de Mingrelie. Ils s'en
vont tous peu à peu degenerás au Maho-
metifme : Car ceux qui ont defia de l'aage, fe voyás oppreffez d'vn ioug prefque
infupportable, pource qu'ils font profeffion de la Religion Chreftienne, afin de
s'exempter des impofts defquels on les
accable, fe rangent auec les Turcs : Et

quant aux enfants, leurs parents les font
circoncire, à ce qu'ils soient affranchis de
toutes charges & tributs, & que les filles
Chrestiennes se marient aux Ianissaires
pour la conseruation de leurs peres &
meres. Le peu qui reste des anciens habitans n'a quasi rien de Chrestien que le
nom & la marque du Baptesme. C'est à la
verité vne misere fort à plaindre, & d'autant plus qu'elle est sans remede, toutesfois nous en auons extremement aydé
quelques-vns au bourg d'Erissé, autant
que ce peu que nous sçauions de leur
langue, & la discretion qui est requise en
tel lieu nous l'a peu permettre. Nous y
auons enseigné le Catechisme aux en-
fans, & auons aduerty quelques femmes
Chrestiennes mariees aux Turcs, de ce
qui est de leur deuoir : D'abondant nous
auons eu soing qu'vne ieune esclaue de
dix-huict ans receust le sainct Baptesme,
qui ne luy auoit pas esté conferé, ainsi
que ses parents l'en auoient asseuree : Et
s'il nous eust esté loisible, nous eussions
baptisé vn petit enfant Turc qui auoit sa
mere, & qui ne demandoit pas mieux,
comme aussi vn esclaue Turc qui souhai-
toit ce mesme bien. Tandis que nous

nous employons à ces bonnes œuures, &
autres femblables, le Bafcha arriue à Eriffé, & quelques iours apres vn autre vaiffeau de charge qui fe venoit ioindre au
fien pour aller en Mingrelie quand la
paix feroit arreftee. Nous choififmes ce-
luy-cy pluftoft qu'vn autre, tant par l'aduis du Bafcha, que pource que nous y
auions la cognoiffance de quelques Latins, dont l'vn eft natif de l'Ifle de Tenos,
ou Tiua, & à prefent citoyen de Pera:
l'autre de Caffa, qui nous ayme fingulie-
rement, & eft proche parent du Seigneur
Antoine de Spinola, qui racheta deux
ans y a, d'entre les mains des Tartares au
Bofphore Cimmerié, qu'on nomme aujourd-
d'huy deftroit de Caffa, le P. François Æ-
quoda Polonois. Sur la fin du mois d'Aouft
le Bafcha & fes deux vaiffeaux s'aduan-
cerent vers Gouea, qui eft le dernier coin
de la mer Noire: Mais d'autant que ceft
havre n'eft gueres propre pour y mouil-
ler l'ancre, nous nous arreftafmes auec
les galeres en vn lieu vn peu plus affeuré
nommé Macroyalo, neuf milles loing
de Gouea, mais fi ce fut à noftre mal-
heur, & de nos matelots, voire de tous
tant que nous eftions, voftre Reuerence

le sçaura par ce qui s'enfuit. Pendant que les Ambaſſadeurs vont & viennent d'vne part & d'autre pour traicter la paix, deux mois ſ'eſcoulent ſans rien faire, & nos vaiſſeaux ſont à l'ancre touſiours battus de la tempeſte qui regne ordinairement ſur la mer Noire, dés le commencement du mois de Septembre. Le Baſcha ne permettoit point qu'aucun vinſt à paſſer plus outre auant que l'accord fuſt iuré, & ne vouloit non plus ſouffrir que nous nous miſſions au retour, de peur que les Princes Dadran & Gorel ſe voyans hors d'eſpoir d'auoir du ſel, & autres marchandiſes, ne vinſſent à refuſer les conditions qu'on leur preſentoit : ſi qu'il nous fallut combattre contre les vents & orages, & puis au bout d'vne longue & ennuyeuſe nauigation perir d'vn funeſte naufrage à la vëue des Mingrelins. Enuiron la my-Septembre preſque ſur la minuict, vn maiſtral impetueux pouſſa quaſi nos deux vaiſſeaux contre les bancs & eſcueils, qui n'eſtoient gueres loing de nous : Nos matelots ſ'oppoſent & reſiſtent à la tempeſte le plus virilement qu'ils peuuent l'eſpace de vingt-quatre heures, mais ils n'ont pas vn meſme ſuccez.

cez. Car noſtre galere eſchappa Dieu mercy pour cette fois, ce que ne fiſt pas l'autre, laquelle eſtant plus foible pour auoir plus long temps feruy, fiſt tant d'eau, que n'y ayant plus moyen d'eſpuiſer la fentine, n'y d'eſtouper les fentes, ja la marchandiſe nageoit, & le vaiſſeau couloit au fonds auec tous ceux qui eſtoient dedans: Lors chacun prend haſtiuement ce qu'il a de plus precieux, & qu'il trouue plus à la main, & ſe iettant dedans l'eſquif à couuert à noſtre vaiſſeau, comme à vn lieu de refuge: Toutesfois quelques matelots demeurerent dedans la nef pour en ſauuer ce qu'ils pourroient, taſchans de gaigner le riuage, mais ils furent accueillis d'vn vent pouppier ſi violent, qu'ils nous donnerent vn piteux ſpectacle, car ayant chocqué de la proüe deux ou trois fois contre le bord, la galere ſe briſa & renuerſa ſans deſſus deſſous. Lors ils ſe iettent deſſus le plus promptement qu'ils peuuent, & la mettent en pieces pour retirer leurs denrees. Ce qu'ils firent en partie, laiſſans le reſte à l'abandon, & à la mercy des flots. Pour noſtre regard nous loüaſmes Dieu premierement, de ce qu'il n'y eut perſonne

C

de noyé : Secondement de ce que nous
n'eſtions pas entrez en ce miſerable vaiſſeau à Conſtantinople, ou à Trebizonde,
ou à Eriſſé : Car à mon iugement c'euſt
eſté fait de nous autres, ou pour le moins
de noſtre bagage ; mais noſtre heure n'e-
ſtoit pas encore venuë, &noſtre nef auoit
à ſouffrir vne pire condition. Car à me-
ſure que les orages & tempeſtes croiſ-
ſoient auec la rigueur de l'Hyuer , elle
eſtoit agitee puis d'vne façon, puis d'vne
autre : Tantoſt elle faiſoit tant d'eau,
qu'on ne la pouuoit eſpuiſer , tantoſt les
ondes eſleuees à la hauteur des plus hau-
tes montagnes la rempliſſoient tout à
coup , & nous mettoient au deſeſpoir de
pouuoir euiter la mort : Tantoſt nos ça-
bles ſe briſoient , & ne nous reſtoit plus
qu'vn anchre , ſi que nous ne pouuions
faire autre choſe que recourir aux vœux
& prieres. Ce temps pendant noſtre pa-
tron ſupplie humblement le Baſcha qu'il
aye pitié de noſtre vaiſſeau & de ceux
qui ſont dedans, & qu'il nous permette
de retourner en arriere, ou de paſſer outre pour nous mettre en ſeureté ; mais
il ne s'eſmeut nullement, ny par l'acci-
dent ſuruenu au vaiſſeau deſia ſubmergé,

44

19

ny par le danger qui nous menaçoit,
quand voicy que le septiefme de No-
uembre vn vent d'Occident tres-impe-
tueux, & meflé de pluye & de grefle,
commença à nous combattre depuis
l'heure de minuict, & rompit deuant nos
yeux les anchres d'vne galere qui eftoit
tout contre la noftre, & qui eftoit venuë
de Caffa il n'y auoit que huict iours, puis
la brifa contre le riuage : Le mefme mal-
heur arriua à neuf autres vaiffeaux de
charge en cette mefme cofte. Le noftre
euft le moyen de refifter vn peu plus
long temps, car il eftoit tresbien fourny,
tant de matelots que d'anchres & de cor-
dages : Mais admirables font les foufle-
uements de la mer, & le Seigneur Dieu
f'y monftre admirable, qui pourroit f'op-
poferà luy ? La bourafque fe renforçant
fur l'heure de Midy, vn de nos cables fe
rompt, puis deux, puis trois confequem-
ment, & plufieurs de nos matelots & des
voyageurs fe precipitent, & leurs mar-
chandifes; qui dans la mer, qui dans l'efquif, cherchants à trauers les ondes leur
falut & le port, partie en nageant, partie
en ramant: Au furplus, quoy que la nef
euft encores deux anchres, elle fut neant-
C ij

moins emportée par la violence & impetuofité de la mer & du vent contre vn efcueil tres-perilleux, ou comme elle eftoit, vn flot dizenier enleua du milieu d'icelle deux de ceux qui eftoient dedans, & les engloutit fur le champ : l'vn eftoit Chreftien Dieu fçait quel, l'autre Turc naturel. Il y en eut deux autres, l'vn defquels eftoit Arabe, l'autre vn bon vieillard Mingrelin, qui s'efuertuerent de fe fauuer à la nage, mais l'Arabe fe noya, & le Mingrelin apres plufieurs rudes fecouffes, que luy donnoient tantoft les flots, tantoft les pieces de nauire qui auoient faict bris contre cette plage, gaigna finalement vne retraicte affeuree, où prefque tous l'abandonnerent, mais nous le fecourufmes de viure & d'aumofne, iufqu'à ce qu'il paffa, comme i'efpere à vne meilleure vie, & à vn havre plus tranquile, m'ayant faict au prealable fa confeffion generale. Au demeurant noftre galere apres auoir heurté trois ou quatre fois contre les efcueils, fe brifa à la parfin, & le maft arraché tomba du cofté droict fur les efcueils fi heureufement, que ceux qui eftoient reftez dedans le nauire s'en feruirent comme d'vn pont,

& euaderent aiſément, excepté vn ieune homme , qui n'ayant tenu conte
de ſe deſpoüiller de ſes habits comme les autres , en fut en ſorte enuelo-
pé dans l'eau qu'il ne peuſt pas aſſeoir
le pied aſſez ferme à la deſcente.
Quant aux marchandiſes elles furent
auec nos hardes & les pieces du nauire
briſé, le joüet des flots & des ondes. Be-
niſt ſoit Dieu , qui ne nous a pas aban-
donnez à leur fureur: Car voyants que la
tourmente ne nous donnoit point de re-
laſche, & nous combattoit ſans ceſſe , &
que les Princes Dadran & Gorel tiroient
les choſes en longueur : du conſeil de
pluſieurs nous nous eſtions mis en terre
auant que ce mal-heur aduint, & auions
loüé vne petite logette en vn village voi-
ſin , ſans prendre autre choſe en la nef
que ce qui nous eſtoit abſolument neceſſaire : Ce que nous faiſions en cette
demeure eſtoit de vacquer à reprendre
nos forces apres tant de trauaux paſſez,
qüoy que la pauureté du lieu ne le permettoit que mal-aiſément : Nous enſei-
gnions outre cela le Catechiſme aux en-
fans, & apprenions aux Papas ( ce ſont les
Preſtres du pays ) ce que requiert le deu

de leur charge, dont ils estoient fort mal
instruits, attendu que iamais ils ne s'e-
stoient confessez, & n'auoient iamais ouy
personne en confession, & ne laissoient
pas pourtant d'administrer la saincte Eu-
charistie, & leur ignorance & bestise
estoit si grande & si grossiere, qu'ils cele-
broient sans eau le sacrifice de la saincte
Messe, & traictoient fort irreueremment
les choses sacrees. En outre quelques
Chrestiens qui estoient sur le point de se
faire Turcs, pour n'estre plus foulez de
tributs, furent aydez par nostre moyen,
partie par bons aduis, partie aussi par au-
mosne que nous leur fismes, tant du nostre que de ce que nous questions pour
eux. On croira difficilement que nous
ayons trouué des Turcs en ces quartiers,
qui ont destourné des Chrestiens d'ab-
iurer leur Religion, soit en leur repro-
chans leur aage & vieillesse, soit en les
secourant de leurs facultez & moyens:
I'en ay veu par fois qui assistoient auec
autant de deuotion à la Messe que s'ils
eussent esté Chrestiens. Ayant cette belle ouuerture, ie ne me peus tenir de dire
en public quelque chose pour encoura-
ger ce peuple à estre constant en la foy:

Et fans doute s'ils auoient quelque Pre-
ftre Grec qui euft vn peu de fçauoir & de
zele de la gloire de Dieu, & qui fceuft la
langue Turquefque, ou celle des Laziens,
&ce qui eft le principal, qui fuft refolu de
hazarder fa vie pour l'honneur de Iefus-
Chrift, il les conuertiroit tous, & ce feroit merueille s'il y reftoit vn Infidele.
Mais pour retourner à nos hardes que
i'ay laiffees dedans les ondes de la mer,
ayant englouty noftre nauire & toute la
marchandife qui eftoit dedans,& quatre
hommes auec, les matelots & marchands
à demy-nuds fe meirent dans l'eau, afin
de pefcher au mieux qu'ils pourroient
auec des cordes & crochets de fer le re-
fte de leur naufrage, que les flots pouf-
foient au riuage : Et nous qui eftions en
perte comme eux, les regardions fur la
greue, offrants à l'autheur de tous biens
ce que nous auions perdu, & nous def-
poüillants tant qu'il eftoit en noftre pouuoir de l'affection que nous y auions
pour nous conformer tout à faict à fa diuine volonté, en luy rendant graces de
ce que nous n'eftions pas au vaiffeau
quand il s'efchoüa, car fi la mer enfeuelit
quatre fort bons nageurs, qu'euffions

nous peu faire nous autres, qui ne ſça-
uions pas nager? Or nous nous miſmes
auec les autres à peſcher les hardes que
la mer nous rendoit: Et loüé ſoit Dieu
de ce qu'il nous enuoya ce qu'il iugea
nous eſtre neceſſaire pour nous garan-
tir du froid, mais ſi vſé & deſchiré, que
nous ferons beaucoup ſi nous le pou-
uons recoudre. Nous auons perdu tous
nos liures, toutes nos images de pa-
pier, de cire, & d'airain, au moyen deſ-
quelles nous euſſions peu gaigner icy
l'affection de pluſieurs : Mais la perte
qui nous afflige le plus, c'eſt celle que
nous auons faicte de noſtre Chapel-
le, & de nos parements d'autel : Ce qui
fera que durant quelques iours ie n'au-
ray pas la conſolation de pouuoir cele-
brer la ſaincte Meſſe : Mais puis qu'il ne
m'eſt pas loiſible de preſenter à Dieu cette hoſtie immaculee, nous aurons au
moins moyen de nous vnir touſiours
d'affection, & tout ce qui nous touche, à
tant d'oblations qui ſe font en l'Egliſe &
en noſtre Compagnie, pour les offrir en
ſacrifice à la diuine Majeſté d'vn cœur
contrit, & d'vn eſprit humilié. Comme
nous nous viſmes reduits à cette extre-
mité

mité par le bon plaiſir de Dieu, apres vne
ſi ennuyeuſe nauigation & vn ſi long &
faſcheux delay, & qu'à noſtre aduis & au
iugement de pluſieurs autres, il n'y auoit
point d'eſperance que la paix ſe fiſt, nous
allons trouuer le Baſcha par le conſeil de
nos amis, le ſuppliants que puis que le re-
tardement nous auoit amené au poinct
qu'il voyoit, il euſt enfin pitié de nous, &
ſuiuant la promeſſe qu'il auoit faicte à
Monſeigneur l'Ambaſſadeur du Roy
tres-Chreſtien, qu'il nous permiſt d'aller
en Mingrelie; ſinon qu'il luy pleuſt de
nous accorder vn paſſeport pour retourner en aſſeurance à Conſtantinople en
compagnie de pluſieurs autres. Ouy qu'il
eut noſtre requeſte, il eut de vray pitié de
nous, mais il nous diſt que le Soudan luy
auoit enjoinct tres-expreſſément de ne
laiſſer paſſer ame viuante en Mingrelie,
iuſques à tant que la paix fuſt faicte : Au
reſte il nous accorda bien volontiers vn
paſſeport pour nous en retourner, mais
le bon plaiſir de Dieu fut d'en ordonner
autrement : Car ainſi que nous entrions
dans vne petite barque, afin de nous mettre au retour, voicy venir vn Meſſager de
la part du Prince Gorel, qui apportoit

D

nouuelles de la paix, & qu'il enuoyroit le
tribut que le Soudan luy demandoit. Ce
qui en effect arriua, & le iour de saincte
Luce le Bascha & le Prince Gorel se vei-
rent ensemble à Patone port de Georgie,& vuiderent tous leurs differents: ce
qui nous destourna tous tant que nous
estions de retourner en arriere, & nous
fist adresser encore vne fois au Bascha,
mais plus heureusement qu'auparauant:
Car il nous donna permission d'aller où
bon nous sembloit, & nous monstra fort
bon visage. Doncques le iour de sainct
Thomas Archeuesque de Cantorbie,
sept mois apres nostre depart, nous lais-
sasmes à la parfin l'angle de Gonea, que
nous auions veu si souuent dedans le mesme galion que nous auions loüé pour re-
brousser à Constantinople: Et dans vingt
iours nous arriuasmes à Satrapella, place
de Georgie, sans faire aucun mauuais
rencontre. Pendant que nous estions sur
le riuage à nous promener, plusieurs
Georgiens suruindrent, & entre-autres
le Visir du Prince Gorel, qui est son General d'armee, & qui gouuerne toute la
Prouince: Cestuy-cy, soudain qu'il nous
veit, descendit de cheual, & la teste nuë.

& le genoüil en terre, suiuant la coustu-
me du pays, nous salüa fort humaine-
ment, & nous de nostre costé luy rendis-
mes son salut auec toute la modestie &
humilité que nous peusmes, puis nous
ayant faict asseoir en terre aupres de luy,
il nous interrogea qui nous estions, d'où
nous venions, & où nous allions : & sça-
chant que nous estions François, & que
nous nous acheminions vers le Prince
Dadran, il nous aduertist d'aller voir au
prealable le Prince Gorel, & nous pre-
senta des cheuaux pour nous y transpor-
ter : Nous le remerciasmes de sa bien-
veillance, en luy protestant, que nous fe-
rions tres-volontiers ce dont il nous ad-
monestoit, moyennant que le Prince
l'eust pour aggreable, incontinent que
nous aurions veu l'Archeuesque de La-
zis, qui demeuroit à Satrapella : Ce que
ayant trouué bon, il se retira, & nous
passasmes cette nuict sur le bord de la
mer. Le lendemain nous allons trouuer
le Metropolitain qui nous receust & lo-
gea fort amiablement en sa petite mai-
sonnette : Mais ainsi que nous estions
auec luy, le Prince Gorel l'enuoya querir
pour passer de compagnie les festes de

D ij

Noël. Il s'y en va, & nous promet qu'il
luy parlera de noftre arriuee, & s'il a defir
de nous voir, qu'il nous le fera fçauoir le
iour fuiuant par vn Meffager : Comme il
le promift, il le fift, & felon noftre defir:
Car nous fufmes appellez par le Prince
Gorel que nous allafmes trouuer fur des
cheuaux, qu'vn des Vifirs nous donna pour cet effect, fuiuant la charge &
commandement qu'il en eut par lettres expreffes : La Cour & famille du
Prince eftoit pour lors à Barlet, où il
auoit intention de paffer la fefte de la
Natiuité de noftre Seigneur, mais nous
le rencontrafmes fur le chemin en vne
maifon, où il eftoit venu prendre le plaifir
de la chaffe. Là tout auffi toft qu'on luy
eut donné aduis de noftre arriuee, il nous
fift venir en la fale, où il faifoit iuftice à fes
vaffaux: Nous le faluöns humblement, &
luy fe leuant de fon fiege, vient au deuant
de nous la tefte defcouuerte, & nous fa-
luë le genoüil en terre: & apres que luy
& toute fa Cour nous euft baifé les mains
à tous deux, il nous commanda de nous
affeoir prés de luy, & au bout de quelques demandes & interrogations qu'il
nous fift, nous nous en allons en fa com-

pagnie à Barlet, apres auoir benift fa maifon par fon commandement. Il nous re-
tint à Barlet l'efpace de quinze iours, où
il nous fift vne tres grande demonftra-
tion d'amitié : De vray ce Prince eft fort
courtois, chofe rare en cette contree, il
prife fort les François, & honore extremement l'Eglife Romaine, & noftre S.
Pere le Pape, aduoüant ouuertement que
la ruine de l'Empire & du fiege de Conftantinople, a eu fon origine de ce qu'ils
ont faict refus de prefter obeyffance
au fouuerain Pontife, que Dieu a donné
à Sainct Pierre les clefs du Royaume des
Cieux, que le Pape eft le Pere de toute la
Chreftienté, qu'il croit que tous les vrays
& fideles Chreftiens fe doiuent foumet-
tre à luy. Quand nous l'eufmes rangé à ce
poinct par nos deuis & difcours, ie luy
demanday s'il prendroit en gré que noftre fainct Pere fceuft la profeffion qu'il
faifoit : fa refponfe fut qu'il le fouhait-
toit, voire mefme il me pria de luy efcrire
en fon nom, que ce fuft fon bon plaifir de
luy accorder vne abfolution generale de
tous fes pechez, en vertu de l'authorité
que Dieu luy auoit donnee, & qu'il enuoyroit par efcrit fa confeffion à fa Sain.

cteté, & la mettroit dedans mes lettres,
mais ie luy fis entendre que la presence
du penitent estoit requise de necessité
pour receuoir l'absolution, & qu'à cette
occasion le Pape nous auoit donné la
puissance d'absoudre de toutes sortes de
pechez , comme il faict aux autres qui
sont enuoyez aux nations estrangeres:
Quand il eust ouy ma response, il me dist
presque le mesme que fist iadis à Sainct
Philippe le bon & vertueux Eunuque de
la Royne de Candace, *Voicy de l'eau, à quoy
tient-il que ie ne sois baptisé ?* Car il me repliqua, que s'il estoit ainsi, il se vouloit
confesser à moy: Ce qu'il fist generalement, & presque de toute sa vie, se ser-
uant pour cet effect de l'entremise de
nostre Interprete. Si quelqu'vn me demande d'où est venuë vne si bonne volonté à vn Prince tant esloigné des Roy-
aumes & pays Chrestiens : Ie respondray
comme Sainct Paul, que ce qu'vn certain
Moyne Georgien qui auoit demeuré
à Rome l'espace de douze ans, auoit autrefois planté, nous l'auons icy arrousé
selon nostre petit pouuoir, tant par pa-
roles que par œuures: Mais Dieu, qui
iette des racines en ses esleus, luy a don-

né l'accroiſſement qu'il luy a pleu. Apres
la feſte des Roys, il nous bailla noſtre
congé, quoy que bien mal-volontiers,
mais il ne voulut pas vſer de violence en
noſtre endroict, veu nommément que
nous luy promettions de le reuoir quelque iour, ains que ſi c'eſtoit ſon plaiſir
quelques-vns des noſtres pourroient par
aduenture ſ'employer en ſon pays au ſer-
uice de Dieu: Il me repliqua qu'il en ſe-
roit tres-aiſe, & qu'il nous aſſigneroit vne
maiſon & vne Egliſe, & tout ce dont
nous aurions beſoin, & voyant que nous
refuſions l'argent qu'il nous preſentoit à
noſtre depart, il loüa publiquemēt noſtre
inſtitut & façon de faire, tellement que
le bruit en vinſt iuſques aux aureilles des
Turcs, qui nous loüent à haute voix en
ce pays de Mingrelie: Ainſi nous nous ſe-
paraſmes d'auec le Prince Gorel, qui
nous renuoya honorablement & amiablement à Satrapella, donnant charge à
vn de ſes gens de nous conduire en vne
fregate iuſques en Mingrelie, à Cortuga
ſon beau-pere, premier Viſir du Prince
Dadran: Mais d'autant que ceſtuy-cy
alloit differāt ſon voyage de iour à autre,
& que le temps eſtoit fort propre pour la

nauigation , nous fortifmes de Satrapella le troifiefme Feurier en compagnie
des Turcs, qui eftoient venus moyenner
la paix, lefquels nous ayment finguliere-
ment : & le mefme iour nous paruinfmes
au bord de Faffo , qu'autrefois on nom-
moit Phafel, le plus beau fleuue qui foit
au pays de Colchos,à prefent Mingrelie,
& le lendemain à Herailcauo, autrement
Heraclee , d'où on fift fçauoir au Prince
Dadran , & au Catholique ou Metropolitain, que nous eftions arriuez auec les
Turcs qui venoient pour traicter la paix:
& ayant eu refponfe d'eux, nous fufmes
enuoyez de Heraclee à Margoula, où le
Prince Dadran s'acheminoit. Ainfi prift
fin noftre nauigation de neuf mois ou enuiron, pleine de naufrages & de mille faf-
cheries & difficultez: Auec tout cela nous
le trouuafmes fort empefché, à raifon de
plufieurs occupations qui luy eftoient
furuenuës: car outre ce que tous les iours
il alloit à la chaffe, le Threbis-cham (c'eft
le nom du Roy de Georgie, que le Sophi
defpoüilla l'annee paffee de fon Royaume) l'eftoit venu vifiter, & ne faifoit que
d'arriuer, & d'abondant il fe difpofoit à
faire conduire à Conftantinople le tribut

but qu'il auoit promis : Mais le pis eſtoit que nous ne trouuions perſonne qui nous peuſt ſeruir d'Interprete, ſi que pluſieurs iours s'eſcoulerent auant que nous euſſions trouué la commodité de parler à luy. Durant ce temps-là les Turcs nous firent part de la portion qu'on leur donnoit chaſque iour, & ſans leur aſſiſtance nous n'euſſions pas eu le moyen de viure. Or comme nous eſtions apres à eſpier l'occaſion de voir à loiſir le Prince Dadran, nous euſmes le bien de parler à Cortuga beau-pere du Prince Gorel, qui luy auoit eſcrit des lettres de recommandation en noſtre faueur. Il nous bailla fort bonne eſperance, & nous promiſt qu'il ne feroit faute de parler pour nous au Prince Dadran, & qu'il ſçauoit aſſez les bons offices que ſon Ambaſſadeur auoit receu de l'Ambaſſadeur du Roy tres-Chreſtien. Nous viſmes pareillement l'Eueſque de Mocauri, neueu du Catholique ou Metropolitain, & fils de ſon frere. C'eſt vn homme bien aduiſé, & qui enſemble auec Cortuga, a l'entier maniement de tout le temporel & ſpirituel de l'Eſtat. Ie luy declaray noſtre inſtitut par noſtre Interprete, & enſem-

E

ble au Thebris-cham, que nous rencontrafmes vne fois à l'Eglife ; le mefme fis-je
encore au Metropolitain de cette contree qui nous auoit appellez. Tous s'e-
ftonnoient de l'occafion qui nous auoit
peu efmouuoir à faire efchange de l'Eu-
rope , laquelle eft fi bien cultiuee, auec
ces deferts fauuages, fans efperance de
gain, comme ils auoient apris des Turcs:
Et cela les faifoit entrer en quelque mau-
uaife opinion de nous ; mais depuis que
ie les eus veus & informez de noftre intention, ils refolurent entre-eux , mefme
auparauant que nous euffions parlé au
Prince Dadran , de nous receuoir fans
difficulté , & contracter amitié auec
Monfeigneur l'Ambaffadeur de France,
& de luy enuoyer des prefents à Conftantinople. L'Euefque de Mocauri nous
inuita en fon logis & maifon Epifcopale.
qui porte le tiltre de Sᵉ. Marie, où nous
allafmes , apres auoir falüé le Prince Dadran & Lipartia fon oncle, qui auoit la
regence & gouuernement du pays durant la minorité de fon neueu. Il nous
dift qu'il auoit ouy beaucoup de chofes
de nous autres : Que nous eftions les
bien-venus ; Qu'il fçauoit ce que nous

voulions: Qu'vne autrefois il nous en-
tretiendroit plus amplement des affaires
d'Occident, du Roy de France, & de
son Ambassadeur qui est à Constantinople , & que par apres il nous accor-
deroit tout ce que nous demande-
rions: Que cependant nous irions trouuer l'Euesque de Mocauri : Ce que nous
fismes apres auoir pris congé de luy &
de Cortuga, qui estoit pour lors en sa
compagnie. En la maison de l'Euesque
nous nous trouuasmes au banquet qu'il
faisoit au Threbis-cham, & à son Metropolitain, & à toute la Cour. Ie ne diray
rien pour cette heure de leur façon de
banqueter, ny de leurs mœurs & cou-
stumes, car i'espere que i'en escriray
auec le temps assez amplement ; seule-
ment vous diray-je que le Threbis-
cham, le Metropolitain, & l'Euesque
de Mocauri nous firent part des mets
desquels on les auoit seruis, qui est icy
vn grand tesmoignage d'vne insigne
bien-vueillance, & le Threbis-cham
nous fist leuer de nostre place pour
nous auoir aupres de soy , & nous in-
terroger bien au long de plusieurs choses, Et d'autant qu'en ces banquets on

a couſtume de chanter, il nous commanda d'entonner à noſtre tour quelque motet. Nous alleguaſmes toutes les excuſes dont nous peuſmes nous aduiſer, mais il ne les receut non plus que le Prince Gorel qui nous auoit faict la meſme requeſte, de ſorte que nous chantaſmes l'Hymne du Ieudy ſainct, *Pange lingua, &c.* Et comme il y euſt pris plaiſir, il nous permiſt de nous retirer : Car quant à eux, c'eſt leur ordinaire de paſſer en table la plus grande partie de la nuict. Nous ſommes donc à cette heure auec l'Eueſque de Mocauri, qui ſ'eſt obligé par parole de nous bailler au pluſtoſt vne maiſon & vne Egliſe, & nous fourniſt tout ce qu'il nous faut pour noſtre nourriture, & le fera d'oreſnauant. Nous nous reſoluons d'apprendre la langue des Mingrelins & des Georgiens : Ce que faict, nos trauaux ne ſeront pas inutiles, car nous nous occuperons (ſi Dieu plaiſt) à bon eſcient. En attendant nous enuoyons, tant de la part de l'Eueſque, que de la noſtre, noſtre Truchement à Conſtantinople, à Monſeigneur l'Ambaſſadeur pour luy porter ces lettres &

les noſtres, & pareillement à nos Peres, à ce qu'en fin ils ſçachent en quel pays nous ſommes, & nous ſecourent, en nous enuoyant quelque choſe dont nous puiſſions nous ayder, au lieu de monnoye d'or & d'argent, car on n'en vſe point icy, & ſi faire ſe peut des ouuriers pour nous aſſiſter, car la recolte ſera vn iour fort bonne. C'eſt pourquoy ie prie voſtre Reuerence, qu'il luy plaiſe d'auoir pour recommandee en ſes ſacrifices, & aux prieres de toute la Compagnie cette vigne, & les vignerons qui y trauaillent, quoy qu'ils en ſoient tres-indignes.

*De Voſtre Reuerence,*

Le tres-humble fils, & ſeruiteur en noſtre Seigneur, LOVYS GRANGIER.

*De Moqui en Mingrelie, le deuxieſme de Mars 1615.*

15

54

www.ingramcontent.com/pod-product-compliance
Lightning Source LLC
Chambersburg PA
CBHW060845180626
46818CB00004B/1597